QUEST FOR SUCCESS/En Búsqueda Del Éxito

LOST & FOUND

Perdida y Encontrada

By Carl Sommer
Illustrated By Greg Budwine

Advance PUBLISHING, INC. • HOUSTON
A division of Sommer Learning Group

Perdida y Encontrada

Permissions
Advance Publishing, Inc.
6950 Fulton St.
Houston, TX 77022

www.advancepublishing.com

First Edition
Printed in Malaysia

Library of Congress Cataloging-in-Publication Data

    Sommer, Carl, 1930-
     [Lost & found. Spanish & English]
     Lost & found = Perdida y encontrada / by Carl Sommer ; illustrated by Greg Budwine. -- 1st ed.
       p. cm. -- (Quest for success = En busqueda del exito)
     "An enhanced version of Can You Help Me Find My Smile?"
     ISBN-13: 978-1-57537-229-7 (library binding : alk. paper)
     ISBN-10: 1-57537-229-0 (library binding : alk. paper) [1. Bears--Fiction. 2. Happiness--Fiction. 3. Conduct of life--Fiction. 4.
    Spanish language materials--Bilingual.] I. Budwine, Greg, ill. II. Sommer, Carl, 1930- Can you help me find my smile? III. Title. IV. Title: Lost and found. V. Title: Perdida y encontrada.

    PZ73.S65517 2009
    [Fic]--dc22
                         2008048936

Contents

Perdida y Encontrada

En Búsqueda del Éxito
Novelas Gráficas para Aventuras Emocionantes y Descubrimiento

---

Quest for Success
Graphic Novels for Exciting Adventure and Discovery

1. Mala Suerte

"¿Porqué siempre tengo mala suerte?", se quejó Ted. "Susie atrapó dos peces, Mamá atrapó dos peces y Papá atrapó tres peces. Yo he pescado al igual que ellos y ni siquiera he tenido pica."

"No te sientes ahí sólo esperando que los peces vengan a ti", dijo Mamá. "Necesitas arrojar la línea y tironearla una vez que esté en el fondo. Así es como nosotros estamos atrapando peces".

"Escucha a Mamá", dijo Papá. "Si ves a otros que están atrapando peces, debes imitar su éxito. No te quedes allí sentado sólo quejándote. Así no atraparás ningún pez".

1. Bad Luck

"Why do I always have such bad luck?" Ted complained. "Susie caught two fish, Mom caught two fish, and Dad caught three fish. I've been fishing just like them, and I haven't gotten a single nibble."

"Don't just sit there and expect the fish to come to you," Mom said. "You need to throw out the line and drag it along the bottom. That's how we're catching fish."

"Listen to Mom," Dad said. "If you see others catching fish, you ought to imitate their success. Don't just sit there and complain. You won't catch fish that way."

Ted dio vuelta la mirada. "¿Qué sentido tiene? Simplemente no soy afortunado en ninguna cosa que hago. El otro día un amigo me preguntó: '¿Está el vaso medio lleno o medio vacío? Si eres optimista, dirás que está medio lleno. Si eres pesimista, dirás que está medio vacío'".

"Cuando eres desafortunado como yo, serás pesimista y dirás que el vaso está siempre medio vacío. Si eres afortunado, entonces puedes ser optimista y decir que el vaso está medio lleno".

Bate y Pelota Nuevos

No era que a Ted le gustaba ser gruñón; de hecho lo odiaba. Sus amigos siempre estaban felices de modo que, ¿porqué él no era feliz?

"No hay dudas de porqué no soy feliz", dijo Ted. "Mi habitación está llena de juegos y juguetes viejos. Necesito tener algunos nuevos".

Cuando su tío y tía le dieron dinero para su cumpleaños, él se compró un bate y una pelota nuevos.

"Juguemos pelota", le dijo a un amigo. "Podemos divertirnos mucho jugando pelota en el parque".

Ted rolled his eyes. "What's the use? I'm just unlucky in whatever I do. The other day a friend asked me, 'Is the glass half full or half empty? If you're an optimist you'll say it's half full. If you're a pessimist you'll say it's half empty.'

"When you're unlucky like I am, you'll have to be a pessimist and say the glass is always half empty. If you're lucky, then you can be the optimist and say the glass is half full."

A New Bat and Ball

It wasn't that Ted liked being grumpy; he hated it. His friends were happy, so why couldn't he be happy?

"It's no wonder I'm unhappy," Ted said. "My room is full of boring, worn-out toys and games. I need some new ones."

When his uncle and aunt gave him money for his birthday, he bought a new bat and ball.

"Let's play ball," he said to a friend. "We can have lots of fun playing ball at the park."

9

"¡Genial!", dijo su amigo.

Consiguieron ocho jugadores y caminaron hacia el parque que tenía un campo de juego. "Juguemos pelota", gritó uno de los jugadores.

"¿Quién será el primero en batear?", preguntó un amigo.

"Ted debería batear primero", dijo un jugador. "Es su bate y su pelota".

Ted tenía una gran sonrisa cuando era su turno de batear. Adoraba pegarle a la pelota. "Estaba en lo cierto", se dijo cuando vio a la pelota volar en el aire. "Sólo necesitaba algo nuevo que me trajera alegría".

Pero cuando fue su turno de ir a jugar en el campo y tuvo que correr detrás de la pelota, Ted cambió de opinión rápidamente. Ahora odiaba el juego. "Después de todo, jugar con la pelota no es tan divertido", se quejaba. "Pegarle a la pelota está bien, pero correr detrás de ella no es nada divertido. Es mucho trabajo correr detrás de la tonta pelota con sudor corriéndote por el rostro. Ahora estoy aquí atascado en este campo de juego, bajo el sol. No puedo esperar a que este juego se termine".

"Great!" his friend said.

They rounded up eight players and walked to a park that had a ball field. "Let's play ball," shouted one of the players.

"Who should be first at bat?" a friend asked.

"Ted should bat first," a player said. "It's his bat and ball."

Ted had a big smile when he was up at bat. He loved hitting the ball. "I was right," he said when he saw the ball flying in the air. "I just needed something new to bring me joy."

But when it was his turn to go out in the field, he had to run after the ball. Ted quickly changed his mind. Now he hated the game. "Playing ball isn't much fun after all," he grumbled. "Hitting the ball is fine, but it's no fun running after it. It's lots of work running after a silly ball with sweat running down your face. Now I'm stuck out here in the field in the hot sun. I can't wait until this game is over."

Una Bicicleta Nueva

Unos días después, Papá y Mamá le regalaron una bicicleta nueva para su cumpleaños. "¡Genial!", gritó Ted. "¡Siempre quise una bicicleta nueva. Seguro que esta bicicleta me traerá alegría. ¿Por qué no pensé en eso antes?"

Papá y Ted ataron sus bicicletas en el portaequipajes del carro y manejaron hasta un parque que tenía senderos para bicicleta. El parque tenía colinas, y Papá estacionó su carro sobre una de las colinas.

"¡Mira la colina!", exclamó Ted. "No puedo esperar a bajarla en bicicleta".

"Bajemos la bicicleta del portaequipajes", dijo Papá.

A New Bike

A few days later Dad and Mom bought Ted a new bicycle for his birthday. "Great!" Ted shouted. "I always wanted a new bike. This bike will surely bring me joy. Why didn't I think of that before?"

Dad and Ted strapped their bikes on the rack at the back of the car. They drove to a park that had bike trails. The park was hilly, and Dad parked his car on top of a hill.

"Look at the hill!" Ted exclaimed. "I can't wait until we ride down it." .

"Let's take the bike off the rack," Dad said.

Mientras Papá y Ted bajaban la colina en bicicleta, Ted gritó: "¡Yahooooo!"

La bicicleta iba cada vez más rápido. "¡Esto es divertidísimo!" Gritó Ted, mientras su bicicleta bajaba la colina a toda velocidad.

"Subamos la colina", dijo Papá mientras comenzó a pedalear su bicicleta cuesta arriba. Papá se adelantó, pero Ted se quedó rezagado. El sudor comenzó a recorrer su rostro. "Esto de pedalear una bicicleta colina arriba es difícil", dijo mientras se secaba el sudor de su frente.

As Dad and Ted rode down the hill, Ted yelled, "Yahooooo!"

The bike went faster and faster. "This is lots of fun!" Ted yelled as he zoomed down the hill.

"Let's go up the hill," Dad said as he began pedaling his bike up the hill. Dad went ahead, but Ted lagged behind. Sweat began pouring down his face. "This is tough, pedaling a bike up a hill," he said as he wiped the sweat from his forehead.

A mitad de la subida, Ted ya no tenía aliento. "Me divertí bajando la colina en bicicleta, pero pedalear cuesta arriba ¡no es más que trabajo difícil y miserable! ¡Andar en bicicleta apesta!"

Nada hacía feliz a Ted por mucho tiempo. Se convirtió en un oso cada vez más gruñón. "Soy el muchacho más desafortunado del mundo", se dijo. Ahora, él nunca sonreía.

Halfway up the hill, Ted was out of breath. "I had fun riding down the hill, but pedaling up the hill is nothing but miserable, hard work! Bike riding stinks!"

Nothing Ted did made him happy for very long. He became grumpier and grumpier. "I'm the unluckiest kid in the world," he said. Now he never smiled.

2. Amigos

Ted deseaba tanto ser feliz que un día decidió contarle a su amigo acerca de su problema. "Sé que soy gruñón", dijo. "Pero no sé qué hacer al respecto. ¿Tienes alguna sugerencia?"

Juegolandia

"¡Claro!", dijo su amigo. "Sé exactamente lo que necesitas. Iremos a Juegolandia. Con todos esos juegos grandiosos para elegir, te divertirás muchísimo."

"Gracias", dijo Ted. "Sí que suena como algo divertido para hacer".

2. Friends

Ted wanted so much to be happy. One day he decided to tell his friend about his problem. "I know I'm a grump," he said. "But I don't know what to do. Got any suggestions?"

Playland

"Sure!" his friend said. "I know just the right thing for you. We'll go to Playland. With all those great rides to choose from, you'll have lots of fun."

"Thanks," Ted said. "It sure sounds like a fun thing to do."

Y salieron entonces hacia Juegolandia. Ted tenía esperanzas de poder encontrar su sonrisa allí. El primer juego que eligió fue la montaña rusa. "Esa montaña rusa estuvo increíble", dijo el amigo de Ted. "¿No fue divertido?"

"¡De ningún modo! Me dio miedo".

"Intentemos con otro juego".

Ted y su amigo subieron a todo tipo de juegos. Todos los demás se divertían muchísimo y se reían, pero Ted no. Todo lo que hacía era quejarse acerca de las largas filas, la multitud, el precio de los juegos y el calor.

Cuantos más juegos probaba Ted, más gruñón se ponía. Ted se esforzó mucho para encontrar su sonrisa en Juegolandia, pero se fue del parque de diversiones más gruñón de lo que había llegado.

Off they went to Playland. Ted had hopes he'd find his smile there. The first ride they tried was the roller coaster. "That roller coaster was awesome," Ted's friend said. "Wasn't it fun?"

"No way! It was too scary."

"Let's try another ride."

Ted and his friend rode all kinds of rides. Everyone around them had lots of fun and laughed, but not Ted. All he did was complain about the long lines, the crowds, the cost of the rides, and the heat.

The more rides Ted rode, the grumpier he became. Ted tried very hard to find his smile at Playland, but he left the amusement park grumpier than he came.

Nadando

Al día siguiente, Ted le dijo a otro amigo: "No me gusta ser siempre tan gruñón. ¿Tienes alguna sugerencia para ayudarme a encontrar mi sonrisa?"

"¡Claro que sí!", contestó su amigo. "Sé exactamente qué hacer. Vamos a nadar al río. Siempre nos divertimos muchísimo allí. Te garantizo que encontrarás tu sonrisa en la laguna".

Ted y su amigo caminaron hacia el río. "Mira", dijo el amigo de Ted, "hay una cuerda atada a un árbol. Puedes colgarte, columpiarte y tirarte al agua. Eso siempre es muy divertido".

Swimming

The following day Ted said to another friend, "I don't like always being so grumpy. Got any suggestions to help me find my smile?"

"I sure do!" his friend answered. "I know just what to do. Let's go swimming in the river. We always have lots of fun there. I guarantee you'll find your smile at the swimming hole."

Ted and his friend hiked to the river. "Look," Ted's friend said, "there's a rope attached to a tree. You can swing out over the river and drop into the water. That's always a lot of fun."

"Hay demasiadas personas esperando en la fila para columpiarse", se quejó Ted. "Además, estoy cansado de la larga caminata hasta la laguna. Sólo descansaré un rato y flotaré sobre una cámara. Tal vez entonces la fila para columpiarse no sea tan larga".

Todos se divertían muchísimo jugando a la mancha, nadando, buceado, tirándose una pelota el uno al otro y saltando de la cuerda al río. Los otros muchachos siempre estaban esperando en la fila para columpiarse sobre el río, así que Ted sólo se recostó en su flotador todo el tiempo, con un gran ceño fruncido en su rostro.

Mientras estaba recostado sobre el flotador, se preguntó: "¿Por qué ellos están tan felices y yo tan desdichado? Debo encontrar el secreto para la felicidad".

"There are too many people waiting in line to swing," Ted complained. "Also, I'm tired from the long hike to the lake. I'll just rest a while and float on a tube. Maybe then the line won't be so long for the swing."

Everyone had lots of fun playing tag, swimming, diving, hitting a ball to one another, and jumping from the rope into the river. The kids were always waiting in line to swing into the river, so Ted just lay on his float the whole time with a big frown on his face.

As he lay on the float he wondered, "Why are they so happy and I'm so miserable? I must find the secret to happiness."

Un Nuevo Enfoque

Ted comenzó a notar que sus amigos ya no querían estar cerca de él. Esto lo ponía aún más gruñón. Un día, se encontró con un amigo mayor. "¿Por qué nadie quiere estar a mi alrededor?", le preguntó.

"Nadie quiere estar cerca de una persona gruñona", dijo su amigo.

"Me he esforzado mucho para encontrar la felicidad, pero nada de lo que hice funciona. Estoy constantemente gruñón. Mi papá y mi mamá siempre me dicen que buscar consejos de una persona mayor, es algo sabio de hacer".

Su amigo sacudió la cabeza y se rió: "Los abuelos no pueden ayudar a los muchachos como nosotros. ¡Ellos son demasiado viejos! ¿Qué saben las personas mayores acerca de los adolescentes? No obtendrás buenos consejos de personas mayores. Necesitas probar un nuevo enfoque".

"Bueno", dijo Ted. "¿Cuál es el nuevo enfoque para encontrar la felicidad?"

"Yo he tomado clases de psicología. Algunos grandes psicólogos enseñan que la felicidad es un estado mental. Si tú escuchas a estos grandes pensadores, encontrarás la felicidad".

"¿Qué dicen estos grandes psicólogos?"

"Que como la felicidad es un estado mental, tienes que utilizar tu cerebro y controlar tus pensamientos. Pensar positivamente."

A New Approach

Ted began to notice his friends didn't want to be around him anymore. This made him even grumpier. One day he met an older friend. "Why doesn't anyone want to be around me?" he asked.

"No one wants to be around a grumpy person," his friend said.

"I've tried very hard to find happiness, but nothing I did worked. I'm constantly grumpy. I've thought about asking my grandpa what to do. My dad and mom always tell me it's wise to seek advice from older people."

His friend shook his head and laughed. "Grandpas can't help kids like us. They're much too old! What do old people know about teenagers? You won't get good advice from old folks. You need to take a new approach."

"Okay," Ted said, "what's the new approach for finding happiness?"

"I've taken psychology. Some of the great psychologists teach happiness is a state of mind. If you listen to these modern great thinkers, you'll find happiness."

"What do these great psychologists say?"

"Since happiness is a state of mind, you've got to utilize your brain and control your thought life. Think positive.

"Repítete a ti mismo que eres feliz y pon una gran sonrisa en tu rostro. Si practicas esto, te liberarás de tu mal humor. Ese es el secreto de la felicidad duradera".

Ted frunció el ceño. "Ese es un modo extraño de encontrar la felicidad. ¿Estás seguro que funcionará sólo intentando convencerte a ti mismo de que eres feliz?"

"A mí me funcionó. Y si funcionó para mí, funcionará para ti".

"Gracias", dijo Ted. "Espero que sí funcione. Ya he intentado todo lo demás".

"Keep telling yourself you're happy, and put a big smile on your face. If you practice this, you'll get rid of your grumpiness. That's the secret to lasting happiness."

Ted frowned. "That's a weird way to find happiness. Are you sure it will work just by trying to convince yourself you're happy?"

"It worked for me. And if it worked for me, it will work for you."

"Thanks," Ted said. "I sure hope it works. I've tried everything else."

Ted corrió a su casa. "Estoy ansioso de probar este nuevo método psicológico. Mi hermana tiene un gran espejo en su habitación. Iré allí y lo probaré".

Tan pronto como su hermana se fue de la casa, él se escurrió a la habitación de ella. "No quiero que nadie vea lo que estoy haciendo", dijo mientras le ponía cerrojo a la puerta. "Me sentiría avergonzado si alguien entrara a la habitación y me viera parado enfrente del espejo hablándome a mí mismo. Sería el hazmerreír del pueblo".

Ted se paró frente al espejo y dijo: "Espero que esta psicología moderna funcione y que la felicidad sea un estado mental. Me siento tonto haciendo esto, pero si esto es lo último que la ciencia indica para la felicidad, tiene que funcionar".

Ted raced home. "I'm eager to test this modern psychology method. My sister has a large mirror in her bedroom. I'll go there and give it a try."

As soon as his sister left the house, he slipped into her bedroom. "I don't want anyone to see what I'm doing," he said as he locked the door. "I'd be embarrassed if someone came into the room and saw me standing in front of a mirror and talking to myself. I'd be the joke of the town."

Ted stood in front of the mirror and said, "I hope this modern psychology works that happiness is a state of mind. I feel silly doing this, but if this is the latest science on happiness, it ought to work."

Ted miró al espejo y sonrió. "¡Soy feliz!"

Él no sintió nada. Hizo una sonrisa más grande. "¡Soy muy feliz!" Pero nuevamente, nada ocurrió.

Entonces hizo la sonrisa más grande que pudo y dijo con gran determinación. "¡Realmente soy muy feliz!"

Ted se sintió igual. Forzó su rostro intentando que su mal humor desapareciera. "Tal vez necesito pensar más fuerte. Entonces dijo muy lenta y forzadamente: "Realmente soy muy, ¡MUY FELIZ!"

Luego estiró su boca tanto como pudo. Todo lo que ocurrió fue que su boca y su rostro comenzaron a dolerle. Y en lugar de encontrar la felicidad, se sintió más gruñón que nunca.

"¡Me rindo!", dijo finalmente. "Tenía tantas esperanzas de que este nuevo método funcionara. Pero ha fallado, al igual que todo lo demás. He intentado tantas cosas…pero nada me hace feliz. Ahora estoy realmente desconcertado; no sé qué hacer. Nada parece funcionar."

Ted looked into the mirror and grinned. "I am happy!"

He felt nothing. He made a larger grin. "I am very happy!" Again nothing happened.

Then he grinned as big as he could and said it with great determination. "I am really very happy!"

Ted felt the same. He strained his face trying to make his grumpiness disappear. "Maybe I need to think harder. Then he said very slowly and forcibly, "I am really very, VERY HAPPY!"

Then he stretched his mouth as far as he could. All that happened was it made his mouth and face hurt. Instead of finding happiness, he felt grumpier than ever.

"I give up!" he finally said. "I had such great hope this new method would work. But it failed, just like everything else. I've tried so many things, but nothing I do makes me happy. Now I'm really puzzled. I don't know what to do. Everything looks hopeless."

3. Una Visita a la Granja

Los abuelos de Ted tenían una granja grande. Un día, Papá dijo: "El abuelo nos invitó a visitarlos. Tengo dos semanas de vacaciones, de modo que me tomaré una semana para que podamos pasar algo de tiempo en la granja".

"¡Oh, bien!", exclamó Susie. "Podemos jugar con los animales y andar a caballo. Esto será muy divertido".

Ted no dijo nada. "¿Qué ocurre Ted?", preguntó Papá. Él se preguntó porqué Ted no estaba emocionado como Susie. "¿Acaso no quieres ir a la granja?"

"Supongo que sí", murmuró Ted.

"Habrá muchas cosas divertidas para hacer", dijo Mamá.

Como todo lo que Ted había intentado para encontrar la felicidad había fallado, estaba seguro de que tampoco se divertiría con nada que hiciera en la granja.

3. A Visit to the Farm

Ted's grandparents had a large farm. One day Dad said, "Grandpa invited us to visit them. I have two weeks' vacation, so I'm taking a week off so we can spend some time on the farm."

"Oh good!" Susie exclaimed. "We can play with the animals and ride the horses. This will be so much fun."

Ted didn't say anything. "What's wrong, Ted?" Dad asked. He wondered why Ted wasn't excited like Susie. "Don't you want to go to the farm?"

"I guess I do," Ted mumbled.

"There will be lots of fun things to do," Mom said.

Since everything Ted tried had failed in finding happiness, he was sure he wouldn't find any fun things to do on the farm either.

"La granja de Abuelo tiene todo tipo de animales, explicó Susie. "Podemos montar a caballo y explorar el monte cercano. Hay muchas cosas divertidas para hacer".

"Tal vez pueda encontrar algo para hacer en la granja que me haga feliz", Ted se dijo a sí mismo. "Puedo alimentar a los animales, jugar con ellos y montar a caballo. Aunque una vez más, probablemente nada me haga feliz. Sólo soy desafortunado. Nada de lo que hago funciona".

Mientras manejaban hacia la granja, Susie estaba emocionada, pero Ted sólo se desplomó en el asiento trasero del carro, con un gran ceño fruncido.

Patos, Gallinas, Cabras y Caballos

Cuando llegaron a la granja, Abuelo y Abuela estaban muy contentos de verlos. Luego de conversar un rato, Susie dijo: "¿Puedo alimentar a los patos y a las gallinas?"

"Claro", dijo la abuela. "Les daré algo de maíz para los patos y las gallinas".

"Grandpa's farm has all kinds of animals," Susie explained. "We can ride the horses and explore the nearby forest. There are lots of fun things to do."

"Maybe I can find something to do on the farm that will make me happy," Ted said to himself. "I can feed the animals, play with them, and ride the horses. Then again, probably nothing will make me happy. I'm just unlucky. Nothing I do works."

Susie was excited as they drove to the farm, but Ted just slouched in the back of the car with a big frown.

Ducks, Chickens, Goats, and Horses

When they arrived at the farm, Grandpa and

Grandma were very happy to see them. After they talked for a while Susie said, "May we feed the ducks and chickens?"

"Sure," Grandma said. "I'll get you some corn for the ducks and chickens."

Cuando los patos y las gallinas vieron a Ted y a Susie con el maíz, corrieron hacia ellos. Susie se divirtió alimentando a los patos y a las gallinas, pero Ted tenía un gran ceño fruncido en su rostro.

"Alimentemos a los caballos y luego montemos en ellos", dijo Susie.

Luego de alimentar a los caballos, montaron en ellos por la granja y el monte cercano. Cuando regresaron, Susie bajó del caballo de un salto y dijo: "Fue divertido montar a caballo. Ahora voy a alimentar a las cabras".

Susie consiguió comida para las cabras y se divirtió alimentándolas. Pero Ted sólo se sentó en su caballo con un gran ceño fruncido en su rostro, y miró.

Disgustado

Mientras Ted y Susie caminaban de regreso a la casa, Susie preguntó: "¿No fue divertido alimentar a los animales y montar a caballo?"

Ted estaba enojado. "Yo no me divertí", se quejó. "Todo lo que hago es aburrido".

"Yo me divertí mucho", dijo Susie.

When the ducks and chickens saw Ted and Susie with the corn, they ran towards them. Susie had fun feeding the ducks and chickens, but Ted had a big frown on his face.

"Let's feed the horses and then ride them," Susie said.

After they fed the horses, they rode them around the farm and nearby forest. When they came back, Susie jumped off the horse and said, "It was fun riding the horse. I'm going now to feed the goats."

Susie got food for the goats and had fun feeding them. But Ted just sat on his horse with a big frown on his face and watched.

Disgusted

As Ted and Susie walked back to the farmhouse, Susie asked, "Wasn't it fun feeding the animals and riding the horses?"

Ted was mad. "I didn't have any fun," he grumbled. "Everything I do is boring."

"I had lots of fun," Susie said.

"¡Yo no!", gritó mientras pateaba una piedra.

"Necesitas superarlo", dijo Susie. "Has estado caminando por ahí viéndote como si hubieras estando chupando limones todo el día. Con razón no estás feliz ni te estás divirtiendo".

"¡Ya cállate! Tú no entiendes lo que sucede."

"Todo lo que sé es que yo me estoy divirtiendo muchísimo en la granja, y que tú eres desdichado. Algo anda mal contigo".

"Bien, ya es suficiente. Déjame solo."

"Está bien", dijo Susie mientras corría hacia la casa.

Lentamente, Ted caminó hacia la casa. "¿Por qué Susie se está divirtiendo tanto y yo me siento tan desdichado? No lo entiendo. Estoy intentando ser feliz, pero no puedo encontrar la felicidad. Ella no está buscando la felicidad, pero es La Reina de la Felicidad. ¿Qué está ocurriendo?"

Cuando Ted llegó a la casa, el abuelo estaba sentado en su silla mecedora. "Hola Ted", dijo el abuelo. "¿Cómo fue todo hoy?"

"I didn't!" he snapped as he kicked a stone.

"You need to snap out of it," Susie said. "You're walking around looking like you've been sucking lemons all day. No wonder you're not happy and having fun."

"Keep quiet! You don't understand what's going on."

"All I know is I'm having lots of fun on the farm, and you're miserable. Something's wrong with you."

"All right, that's enough. Leave me alone."

"Okay," Susie said as she ran to the house.

Slowly, Ted walked to the farmhouse. "Why is Susie having fun, but I'm so miserable? I don't get it. I'm trying to be happy, but I can't find happiness. She's not looking for happiness, and she's Miss Happiness. What's going on?"

When Ted got to the farmhouse, Grandpa was sitting on his rocking chair. "Hi Ted," Grandpa said. "How did everything go today?"

Abuelo

"No tan bien, Abuelo", murmuró Ted.

"¿Por qué no? Susie se divirtió muchísimo. ¿Por qué tu no lo hiciste?"

Ted miró hacia el piso de la galería y dijo: "No lo sé".

"Tal vez yo pueda ayudarte a encontrar qué es lo que te está molestando", dijo el abuelo.

Ted sacudió la cabeza. "No lo creo. Tengo un amigo que conoce acerca de psicología moderna; él me dijo: 'Los abuelos no pueden ayudar a los muchachos como nosotros. ¡Ellos son demasiado viejos! ¿Qué saben las personas mayores acerca de los adolescentes? No obtendrás buenos consejos de personas mayores. Necesitas probar un nuevo enfoque'".

Grandpa

"Not so good, Grandpa," Ted grumbled

"Why not? Susie had lots of fun. How come you didn't?"

Ted looked down at the floor of the porch and said, "I don't know."

"Maybe I can help you find what's troubling you," Grandpa said.

Ted shook his head. "I don't think so. I have a friend who knows all about modern psychology. He told me, 'Grandpas can't help kids like us. They're much too old! What do old people know about teenagers? You won't get good advice from old folks. You need to take a new approach.'"

El abuelo soltó una carcajada. Luego preguntó: "¿Qué te dijo tu amigo acerca del nuevo enfoque?"

"Él dijo que la felicidad es un estado mental. Que debes utilizar tu cerebro para controlar tus pensamientos. Pensar positivamente. Si tú te dices a ti mismo que eres feliz y haces una gran sonrisa, descubrirás la felicidad duradera".

"¿Y funcionó?"

"No", dijo Ted suavemente. De repente pensó: "Todos mis amigos han estado equivocados. ¡Tal vez el abuelo pueda ayudarme!"

Entonces Ted bajó su cabeza y susurró: "Abuelo, ¿me puedes ayudar a encontrar mi sonrisa?"

El abuelo dejó de mecerse. "Ted, tal vez yo sea viejo, pero alguna vez tuve tu edad. He aprendido muchas lecciones en la vida. Nunca creas que las personas mayores no sabrán qué está sucediendo. Cuando busques consejos de una persona mayor, estarás tomando una sabia decisión".

Grandpa laughed a big laugh. Then he asked, "What did your friend say was the new approach?"

"He said happiness is a state of mind. You must utilize your brain and control your thought life. Think positive. If you tell yourself you're happy and put a big smile on your face, you'd discover lasting happiness."

"Did it work?"

"No," Ted said softly. Suddenly he thought, "All my friends have been wrong. Maybe Grandpa can help me!"

Then Ted lowered his head and whispered, "Grandpa, can you help me find my smile?"

Grandpa stopped rocking. "Ted, I may be old, but I was once your age. I've learned many lessons in life. Never think we old folks don't know what's going on. When you seek advice from an older person, you're making a very wise decision."

4. El Secreto de la Felicidad

El abuelo apoyó su mano sobre el hombro de Ted y dijo: "Lo que te diré ahora, es el secreto de la felicidad. ¿Estás interesado?"

"Sí, Abuelo", exclamó Ted. Se deslizó más cerca y continuó: "Estoy muy interesado".

"El encontrar la felicidad es mucho más que un estado mental", explicó el abuelo. "Y es mucho más que simplemente pensar en lo correcto. Debes actuar en forma correcta. Si sólo intentas hacerte feliz a ti mismo, siempre estarás triste y malhumorado. Pero cuando intentes hacer felices a otros, encontrarás la felicidad".

4. The Secret to Happiness

Grandpa put his hand on Ted's shoulder and said, "What I'm going to tell you is the secret to happiness. Are you interested?"

"Yes, Grandpa," Ted exclaimed. He scooted closer. "I'm very interested."

"Finding happiness is much more than a state of mind," Grandpa explained. "And it's more than simply thinking right. You must act right. When you try to make only yourself happy, you'll always be sad and grumpy. But when you try to make others happy, you'll find happiness."

"Eso no parece lógico abuelo", dijo Ted. "Si dejo de intentar hacerme feliz, ¡entonces estaré realmente triste!"

"No", dijo el abuelo.

Abuelo se paró y dijo: "Ven conmigo".

"¿A dónde vamos?"

"Ya verás".

Los Pobres y Necesitados

Subieron al carro del abuelo y luego salieron. Mientras manejaban por el pueblo, el abuelo dijo: "Mira Ted, dondequiera que tú vas hay personas pobres y necesitadas. Si tú ayudas a aquellos que realmente lo necesitan, encontrarás tu sonrisa".

"That doesn't seem right, Grandpa," Ted said. "If I stop trying to make myself happy, then I'll really be sad!"

"No," said Grandpa.

Grandpa stood up and said, "Come with me."

"Where are we going?"

"You'll see."

The Poor and Needy

They climbed into Grandpa's car and off they went. As they drove around town, Grandpa said, "Look, Ted. Everywhere you go you'll find the poor and needy. If you help those really needing help, you'll find your smile."

"No entiendo, abuelo", dijo Ted sacudiendo su cabeza.

El abuelo detuvo el carro. Luego dijo: "El intentar hacerte feliz sólo a ti mismo nunca te traerá la felicidad duradera. Eso es lo que muchas personas creen. Ellos creen que un estilo de vida egoísta intentando hacerse felices a ellos mismos, les traerá satisfacción y felicidad. Pero eso nunca funciona".

"Abuelo, no me doy cuenta cómo funcionará haciendo felices a los otros en vez de a mí mismo. Pero voy a hacer exactamente como dices. En verdad voy a intentar hacer felices a los demás".

"Ted", dijo el abuelo mientras ponía el carro en marcha, "si haces lo que te sugiero, definitivamente encontrarás tu sonrisa".

"Grandpa, I don't understand," Ted said, shaking his head.

Grandpa stopped the car. Then he said, "Trying to make only yourself happy will never bring lasting happiness. That's what many people think. If they pursue a selfish lifestyle of making only themselves happy it will bring fulfillment and happiness. It never works."

"I can't see how making others happy instead of myself will work, Grandpa. But I'm going to do just as you say. I'm going to try very hard to make others happy."

"Ted," Grandpa said as he started the car, "if you do what I suggest, you'll definitely find your smile."

5. En Acción

Pronto fue hora de que Ted y su familia dejaran la granja. El abuelo hizo a Ted a un lado y le dijo: "No te olvides lo que te dije".

"No lo haré, Abuelo. Me esforzaré mucho para hacer lo que me dijiste".

"Si lo haces, encontrarás la felicidad".

"Espero que sí".

"Lo harás".

Empacaron sus maletas y se despidieron de Abuelo y Abuela diciendo adiós con la mano.

5. Into Action

Soon it was time for Ted and his family to leave the farm. Grandpa took Ted aside and said, "Don't forget what I told you."

"I won't, Grandpa. I'm going to try really hard to do what you told me."

"If you do, you'll find happiness."

"I sure hope so."

"You will."

They packed their bags and waved goodbye to Grandpa and Grandma.

En el camino a casa, Ted pensó y pensó acerca de lo que el abuelo le había dicho. "Simplemente no tiene sentido. Dejar de intentar hacerme feliz. Si dejo de hacerme feliz a mí mismo, seré el muchacho más desdichado del mundo".

"Pero he intentado hacerme feliz a mi mismo por un largo tiempo, y nada funcionó. Haré un intento con la fórmula de la felicidad del abuelo. Él está seguro de que funcionará".

On the way home, Ted thought and thought about what Grandpa had said. "It just doesn't make sense. Stop trying to make myself happy. If I stop making myself happy, I'll be the most miserable kid in the world.

"But I've been trying to make myself happy for a long time, and nothing worked. I'm going to give Grandpa's formula for happiness a try. He's positive it will work."

Mientras Ted permanecía sentado en el asiento trasero del carro, comenzó a pensar en los demás, en vez de pensar en él mismo. "¿Cómo puedo hacer feliz a alguien más?", se preguntó.

De repente, exclamó: "¡Tengo una idea!"

Atacando el Dormitorio

A la mañana siguiente Ted se levantó temprano. "¡Qué desastre!", dijo mientras miraba su habitación. "Mamá me repite que debo hacer mi cama y limpiar la habitación. Hoy atacaré mi cuarto y voy a sorprenderla. ¡Voy a limpiar este lío de una vez por todas! ¡No importa cuánto tiempo me lleve!"

As Ted sat in the back of the car he began thinking about others instead of himself. "How can I make someone else happy?" he wondered.

Then all of a sudden Ted exclaimed, "I've got an idea!"

Attacking the Bedroom

The next morning Ted woke up early. "What a mess!" he said as he looked at his room. "Mom keeps telling me to make my bed and clean up the room. Today, I'm going to surprise her and attack my bedroom. I'm cleaning this mess once and for all! I don't care how long it takes!"

Mientras limpiaba su cuarto, Ted pensó en lo sorprendida y feliz que estaría su mamá. "Me pregunto qué dirá Mamá cuando vea mi cama hecha y mi habitación limpia".

Cuanto más pensaba en hacer feliz a su mamá, mejor se sentía.

Ted no lo notó, pero mientras limpiaba el cuarto... comenzó a sonreír. Él se sentía bien interiormente. Cuando terminó de limpiar su habitación, dijo: "No puedo esperar a ver la reacción de Mamá cuando vea lo que hice".

While cleaning his room, Ted thought about how surprised and happy Mom would be. "I wonder what Mom will say when she sees my bed made and the room so clean."

The more Ted thought about making Mom happy, the better he felt. He didn't know it, but as he cleaned his room he began to smile. He felt good inside. When he finished cleaning his room, he said, "I can't wait to see Mom's reaction when she sees what I've done."

El Pendenciero

En la escuela, Ted se sentaba enfrente de un muchacho llamado Bill. Bill era un pendenciero constante. El día anterior, Bill había tomado el libro de Ted y lo había escondido, mientras la maestra no estaba mirando.

A Bill le encantaba burlarse de Ted y hacerlo enojar. A veces hasta intentaba meter a Ted en problemas con la maestra. Pero hoy, Bill era quien estaba en problemas; había perdido su cuaderno. "¿Qué voy a hacer?", murmuró Bill. "No quiero contarle a la maestra que mi mamá no tiene dinero para comprarme otro cuaderno".

The Troublemaker

In school, Ted sat in front of a boy named Bill. Bill was a constant troublemaker. The day before Bill took Ted's book and hid it when the teacher wasn't looking.

Bill loved to tease Ted and make him mad. Sometimes he even tried to get Ted in trouble with the teacher. But today Bill was in trouble. He had lost his notebook. "What am I going to do?" Bill mumbled. "I don't want to tell the teacher my mother doesn't have the money to buy another one."

Bill le dio a Ted unos golpecitos con su dedo en el hombro y le preguntó: "Ted, ¿podrías prestarme un cuaderno hoy? He perdido el mío".

Normalmente, Ted hubiera dicho rápidamente: "¡De ningún modo!", debido a todos los problemas que Bill le había causado durante el año escolar. Pero Ted recordó lo que el abuelo le había dicho acerca de hacer felices a los demás. Él sabía que Bill era pobre, así que se dio vuelta y le contestó: "Bill, tengo un cuaderno de más. Te lo puedes quedar".

"¿Me lo dices en serio?", preguntó Bill sorprendido.

"Seguro".

"Gracias, Ted. Realmente te lo agradezco".

Ted no lo notó, pero tenía una sonrisa en su rostro y un nuevo amigo.

Dando Una Mano

Mientras caminaba de regreso a casa esa tarde, Ted vio que Bonnie tenía problemas para cargar sus libros. Ted recordó lo que el abuelo había dicho acerca de ayudar a los demás.

"Bonnie", la llamó Ted, "déjame ayudarte".

"¿Eres tú, Ted?"

"Sí. Veo que estás teniendo problemas para cargar tus libros. Me gustaría ayudar".

"Realmente te lo agradezco".

Bill tapped Ted on the shoulder and asked, "Ted, may I borrow a notebook for today? I've lost mine."

Normally, Ted would have been quick to say, "No way!" because of all the trouble Bill had given him during the school year. But Ted remembered what Grandpa had said about making others happy. He knew Bill was poor, so he turned around and said, "Bill, I have an extra notebook. You can keep it."

"Do you really mean that?" asked a surprised Bill.

"I sure do."

"Thanks, Ted. I really appreciate it."

Ted didn't know it, but he had a smile on his face, and a new friend.

Helping Hand

While walking home from school that afternoon, Ted saw Bonnie having trouble carrying her books. Ted remembered what Grandpa had said about helping others.

"Bonnie," Ted called, "let me help you."

"Is that you, Ted?"

"Yes. I see you're having trouble carrying your books. I'd like to help."

"I'd sure appreciate it."

Ted se acercó a Bonnie rápidamente. Ella estaba muy sorprendida; Ted nunca había actuado así antes. Cuando él la alcanzó, ella le dijo: "Muchísimas gracias. He tenido bastantes problemas cargando mis libros".

"Siempre que necesites ayuda", dijo Ted, "sólo dímelo. Estaré encantado de ayudarte".

Bonnie le sonrió y le dijo: "Muchísimas gracias. Es realmente muy amable de tu parte. Realmente te lo agradezco".

Ted went quickly to Bonnie. She was so surprised. Ted had never acted like this before. When he reached her, she said, "Thank you so much. I've been having a hard time carrying my books."

"Whenever you need help," Ted said, "just let me know. I'd be glad to help."

Bonnie smiled at him and said, "Thank you so much. That was really kind of you to help. I really appreciate it."

Ted se sintió muy feliz mientras cargaba los libros de Bonnie. Él no se dio cuenta, pero tenía una gran sonrisa en su rostro.

Ted estaba ansioso por llegar a casa. Durante todo el día en la escuela, se había preguntado: "¿Cuál será la reacción de Mamá cuando vea la habitación limpia? No puedo esperar a verlo".

Cada vez que pensaba en lo que hizo para hacer feliz a Mamá, tenía una gran sonrisa en su rostro. Cuando Ted llegó a casa, saludó a Mamá. Luego se fue inmediatamente a su habitación. "Mamá", llamó. "Tengo una gran sorpresa para ti".

Conmoción

Cuando Mamá abrió la puerta y vio adentro, quedó conmocionada. Ella se paró asombrada y preguntó: "¿Quién limpió esta habitación?"

Ted felt so happy as he carried Bonnie's books. He didn't know it, but he had a big smile on his face.

Ted was eager to get home. All day in school he had wondered, "What will Mom's reaction be when she sees the clean room? I just can't wait to see."

Every time he thought about what he did to make Mom happy, he had a big smile on his face. When Ted came home, he greeted Mom. Then he immediately went into his bedroom. "Mom," he called. "I have a big surprise for you."

Shocked

When Mom opened the door and looked inside, she was shocked. She stood there in amazement and asked, "Who cleaned this room?"

Ahí estaba Ted parado, con la sonrisa más grande en su rostro. "¡Yo lo hice mamá!"

"¡Increíble!", dijo Mamá. "La habitación está tan ordenada. ¿Tú hiciste esto por ti mismo?"

"Sí", dijo Ted, con una sonrisa de oreja a oreja.

"No sabes cuán feliz estoy de ver esto", dijo Mamá. Luego le dio un enorme abrazo.

Esa noche Ted se sintió mejor que nunca antes. Había hecho feliz a su mamá.

Atacando el Jardín

Cuando Ted se fue a la cama esa noche, pensó: "Hice feliz a Mamá. Ahora quiero hacer feliz a Papá también. Pero, ¿qué podría hacer?"

There stood Ted with the biggest smile on his face. "I did, Mom!"

"Amazing!" Mom said. "The room is so neat. Did you do all this by yourself?"

"Yes," Ted said, grinning from ear to ear.

"You don't know how happy I am to see this," Mom said. Then she gave him a great big hug.

That night Ted felt better than ever before. He had made his mom happy.

Attacking the Garden

When Ted went to bed that night, he thought, "I've made Mom happy. Now I want to make Dad happy, too. But what can I do?"

Ted comenzó a pensar acerca de todas las cosas que podría hacer. "Puedo limpiar el garaje, o lavar el auto cuando Papá llegue a casa. Puedo ayudarlo a arreglar cosas de la casa, o ayudarlo…"

De repente exclamó: "Sé exactamente qué haré. Atacaré el jardín. Se supone que mañana ayudaré a Papá a sacar las hierbas del jardín. ¡Lo haré todo yo solo antes de que él llegue a casa! ¡Eso seguro que lo sorprenderá!"

Mientras Ted estaba recostado en la cama pensando en cuán sorprendido Papá estaría cuando viera el jardín sin hierbas, se puso tan feliz que en su interior brillaba como el sol. "Papá no creerá que yo saqué todas las hierbas por mí mismo. ¡Sé que estará muy feliz!"

Ted began thinking about all the things he could do. "I can clean the garage or wash the car when Dad comes home. I can help him fix things around the house or help him..."

Suddenly he exclaimed, "I know exactly what to do. I'll attack the garden. Tomorrow, I'm supposed to help Dad pull weeds from the garden. I'll pull out every weed by myself before he comes home! That will surely surprise him!"

As Ted lay in bed thinking how surprised Dad would be when he saw the garden without weeds, he was so happy that his insides glowed like the bright sun. "Dad won't believe I pulled out all the weeds by myself. I know he'll be so happy!"

Finalmente, Ted se dejó abatir por el sueño.

Tan pronto como terminó la escuela, Ted corrió a casa. "Quiero asegurarme de que el jardín esté completamente libre de hierbas, para cuando Papá llegue a casa", se dijo a sí mismo.

De modo que, mientras sus amigos jugaban, Ted excavó y arrancó las hierbas del jardín. Era un arduo trabajo, y el sudor comenzó a recorrerle el rostro. Pero Ted continuó cavando y jalando. Estaba determinado a arrancar cada una de las hierbas antes de que Papá llegara a casa.

Algunos amigos vinieron a buscarlo. "Oye Ted", dijo uno de ellos, "nosotros nos vamos a la piscina de al lado. ¿Quieres venir? Nos divertiremos muchísimo".

Finally, Ted drifted off to sleep.

As soon as school was finished, Ted raced home. "I want to make sure the garden is completely weeded when Dad comes home," he said to himself.

So while his friends played, Ted dug and pulled weeds from the garden. It was hard work, and sweat began pouring down his face. But Ted kept digging and pulling. He was determined to pull out every weed before Dad came home.

Some friends came over. "Hey, Ted," one of them said. "We're going swimming next door. Want to join us? We're going to have lots of fun."

"Me encantaría", dijo Ted. "Pero hoy no puedo ir. Tengo un trabajo importante que hacer".

"¿Qué es tan importante?"

"Sorprenderé a mi papá sacando todas las hierbas del jardín".

"Ese es un arduo trabajo",

"Lo sé, pero quiero sorprender a mi papá".

Mientras sus amigos daban la vuelta, uno de ellos dijo: "Mientras tú estás trabajando y sudando, nosotros estaremos divirtiéndonos en la piscina". Luego todos se rieron.

"Ríanse todo lo que quieran", Ted se dijo a sí mismo. "Yo estoy haciendo algo para ayudar a mi papá".

"I'd love to," Ted said. "But I can't come today. I have some important work to do."

"What's so important?"

"I'm surprising my dad by pulling all the weeds in the garden."

"That's a lot of hard work."

"I know, but I want to surprise my dad."

As his friends walked away, one of them said, "While you're working and sweating, we'll be having lots of fun swimming." Then they all laughed.

"Laugh all you want," Ted said to himself. "I'm doing something to help my dad."

Bajo el fuerte sol de la tarde, Ted sacó todas las hierbas por sí mismo. Cuando terminó con las hierbas, vio que le quedaba tiempo. "Realmente voy a sorprender a Papá: ¡Barreré todas las hojas del parque!"

Fue muchísimo trabajo. Pero todo el tiempo, Ted se sintió feliz al pensar acerca de cuán contento estaría su papá cuando viera todo el trabajo que él había hecho. Ted no se dio cuenta, pero mientras trabajaba, tenía la sonrisa más grande instalada en su rostro.

In the hot sun that afternoon, Ted pulled all the weeds by himself. When he finished with the weeding, he saw he had extra time. "I'm going to really surprise Dad. I'll rake all the leaves in the yard!"

It was hard work. But the whole time Ted felt so happy thinking about how glad Dad would be when he saw all the work he did. Ted didn't know it, but while working he had the biggest smile ever on his face.

La Sorpresa

Ted no podía esperar a que Papá llegara del trabajo a casa. Cuando escuchó el carro en la puerta, corrió hacia afuera para recibirlo. "Hola Papá", le dijo. "Tengo algo para mostrarte".

Ted llevó a Papá hacia el jardín. Papá estaba conmocionado. "¿Quién ha estado trabajando en el jardín?...Y ¿quién recogió las hojas?" Papá no podía creer lo que veían sus ojos.

Ahí estaba Ted, de pie, con la sonrisa más grande que jamás había tenido: "¡Yo lo hice, Papá!"

"¿Tú hiciste todo por ti mismo, u otras personas te ayudaron?"

The Surprise

Ted couldn't wait until Dad came home from work. When he heard the car pull into the driveway, he raced outside to greet him. "Hi Dad," he said. "I have something to show you."

Ted led Dad to the back yard. Dad was shocked. "Who has been working in the garden, and who raked up the leaves?" Dad couldn't believe his eyes.

There stood Ted with the biggest smile ever. "I did, Dad!"

"Did you do this all by yourself, or did others help you?"

"Lo hice por mí mismo. Quería hacer algo que te hiciera feliz".

Papá cargó en sus brazos a Ted y le dio un gran abrazo y un beso. "Ted, no sabes cuán orgulloso estoy de tener un hijo que dejó de hacer sus cosas sólo para hacerme feliz. Deseo agradecerte con todo mi corazón. ¡Estoy tan orgulloso de ti!". Luego abrazó a Ted otra vez.

"I did it all by myself. I wanted to do something to make you happy."

Dad choked up. He gave Ted a great big hug and a kiss. "Ted, you don't know how proud I am to have a son who went out of his way just to make me happy. I want to thank you from the bottom of my heart. I'm so proud of you!" Then he hugged Ted again.

6. El Descubrimiento

Cuando Papá lo abrazó por segunda vez, de repente Ted se dio cuenta ¡que era feliz! "Abuelo estaba en lo cierto", se dijo a sí mismo. "He encontrado mi sonrisa ¡ayudando a los demás!"

Cuando Ted regresó a la granja, corrió directamente hacia el abuelo y exclamó con una gran sonrisa: "¡Funcionó, Abuelo! ¡Realmente funcionó!"

"¿Qué funcionó?, preguntó el abuelo.

"¿Recuerdas? Tú dijiste que si quería encontrar mi sonrisa, debía ayudar a los demás".

"Es cierto", dijo el abuelo. "Ese es el secreto de la felicidad duradera".

6. The Discovery

When Dad gave him the second hug, suddenly Ted realized he was happy! "Grandpa was right," he said to himself. "I've found my smile by helping others!"

When Ted went back to the farm, he ran straight to Grandpa and exclaimed with a great big smile, "It worked, Grandpa! It really worked!"

"What worked?" asked Grandpa.

"Remember? You said if I wanted to find my smile, I needed to help others."

"That's right," Grandpa said. "That's the secret to lasting happiness."

"Comencé a hacer felices a los demás", dijo Ted, "y ahora ¡tengo la sonrisa más grande del mundo entero!"

"Ted, no sabes cuán feliz y orgulloso estoy de tener un nieto como tú. Qué bueno que no escuchaste a tu amigo que dijo: 'Los abuelos son demasiado viejos'".

"Abuelo", dijo Ted, "de verdad he aprendido una lección importante gracias a tu consejo. Realmente me ayudaste a encontrar el secreto de la felicidad. Antes, había intentado hacer de todo para complacerme a mí mismo. Ahora me doy cuenta que complacer a los demás, es el secreto de la felicidad. ¡Gracias Abuelo!"

"I began making others happy," Ted said, "and now I have the biggest smile in the whole world!"

"Ted, you don't know how happy and proud I am to have a grandson like you. Good thing you didn't listen to your friend who said, 'Grandpas are too old.'"

"Grandpa," Ted said, "I sure learned an important lesson from your advice. You really helped me find the secret of happiness. Before, I've tried to do everything to please myself. Now I realize pleasing others is the secret to happiness. Thanks, Grandpa!"

"Eres un jovencito sabio".

Desde entonces, a dondequiera que Ted iba, buscaba la manera de hacer felices a los demás. Él ya no era gruñón; sonreía tan a menudo que sus amigos le pusieron un nombre nuevo: El Oso Sonriente.

Lo mejor de todo, Ted nunca se le olvidó la lección del abuelo: La felicidad viene cuando ayudamos a los demás.

"You're a wise young man."

From that day on, wherever Ted went he led the way in making others happy. No longer was he grumpy. He smiled so often his friends gave him the name, "Smiley."

Best of all, Ted never forgot Grandpa's lesson: Happiness comes by helping others.

About the Author

Carl Sommer, a devoted educator and successful businessman, has a passion for equipping students with virtues and real-life skills to help them live a successful life and create a better world.

Sommer served in the U.S. Marine Corps and worked as a tool and diemaker, foreman, tool designer, and operations manager. He also was a New York City public high school teacher, an assistant dean of boys, and a substitute teacher at every grade level in 27 different schools. After an exhaustive ten-year study he wrote *Schools in Crisis: Training for Success or Failure?* This book is credited with influencing school reform in many states.

Following his passion, Sommer has authored books in many categories. His works include: the award-winning *Another Sommer-Time Story™* series of children's books and read-alongs that impart values and principles for success. He has authored technical books: *Non-Traditional Machining Handbook*, a 392-page book describing all of the non-traditional machining methods, and coauthored with his son, *Complete EDM Handbook*. He has also written reading programs for adults and children, and a complete practical mathematics series with workbooks with video from addition to trigonometry. (See our website for the latest information about these programs.)

Across the nation Sommer appeared on radio and television shows, including the nationally syndicated Oprah

Winfrey Show. He taught a Junior Achievement economics course at Prague University, Czech Republic, and served on the Texas State Board of Education Review Committee.

Sommer is the founder and president of Advance Publishing; Digital Cornerstone, a recording and video studio; and Reliable EDM, a precision machining company that specializes in electrical discharge machining. It's the largest company of its kind west of the Mississippi River (www.ReliableEDM.com). His two sons manage the EDM company which allows him to pursue his passion for writing. Another son manages his publishing and recording studios.

Sommer is happily married and has five children and 19 grandchildren. Sommer likes to read, and his hobbies are swimming and fishing. He exercises five times a week at home. Twice a week he does chin-ups on a bar between his kitchen and garage, and dips at his kitchen corner countertop. (He can do 40 full chin-ups at one time.) Three times a week he works out on a home gym, does push-ups, and leg raises; and five times a week he walks on a treadmill for 20 minutes. He's in excellent health and has no plans to retire.

From Sommer's varied experiences in the military, education, industry, and as an entrepreneur, he is producing many new products that promote virtues and practical-life skills to enable students to live successful lives. These products can be viewed at: www.advancepublishing.com.

Quest for Success Challenge
Learn virtues and real-life skills to live a successful life and create a better world.

Acerca del Autor

Carl Sommer, un devoto educador y exitoso hombre de negocios, tiene la pasión de equipar a los estudiantes con virtudes y aptitudes de la vida real, para ayudarlos a vivir una vida exitosa y crear un mundo mejor.

Sommer sirvió en el Cuerpo de Marina de los EE.UU. y trabajó como fabricante de herramientas y troqueles, capataz, diseñador de herramientas y gerente de operaciones. Él también fue maestro en la escuela pública secundaria de la Ciudad de Nueva York, asistente del decano de varones y maestro suplente de todos y cada uno de los grados en 27 escuelas diferentes. Luego de un estudio exhaustivo de diez años, él escribió Schools in Crisis: Training for Success or Failure? (Escuelas en Crisis: ¿Enseñanza para el Éxito o el Fracaso?) A este libro se le acredita influencia sobre reformas en la educación de muchos estados.

Siguiendo su pasión, Sommer cuenta con la autoría de libros en diversas categorías. Sus trabajos incluyen: la serie de libros infantiles y lecturas grabadas ganadora de premios, Another Sommer-Time Story™, que imparten valores y principios para el éxito. Él es autor de libros técnicos: Non-Traditional Machining Handbook (Manual de Mecanizado No Tradicional), un libro de 392 páginas que describe todos los métodos de mecanizado no tradicionales; conjuntamente con su hijo, es además co-autor del Complete EDM Handbook (Manual completo de EDM —electroerosión—). Él también ha escrito programas de lectura para adultos y niños y una completa serie práctica de matemáticas, con libros de ejercicios que incluyen videos con contenidos desde suma hasta trigonometría. (Vea nuestro sitio web para encontrar la información más actualizada acerca de estos programas).

Por toda la nación, Sommer ha aparecido en programas de radio y televisión, incluyendo el Oprah Winfrey Show transmitido por cadena nacional. Él enseñó un curso de economía de Junior Achievement en la Universidad de Praga, República Checa y sirvió al Panel del Estado de Texas del Comité de Revisión de la Educación.

Sommer es el fundador y presidente de Advance Publishing; Digital Cornerstone, un estudio de grabación y video; y Reliable EDM, una compañía de maquinaria de precisión que se especializa en mecanizado por descarga eléctrica. Es la compañía más grande de su tipo en el oeste del Río Misisipi (www.ReliableEDM.com). Sus dos hijos gestionan la compañía EDM, lo cual le permite satisfacer su pasión por escribir. Otro de sus hijos gestiona sus estudios de publicación y grabación.

Sommer está felizmente casado, tiene cinco hijos y 19 nietos. Él disfruta de la lectura y sus pasatiempos favoritos son la natación y la pesca. Sommer hace ejercicios en su casa, cinco veces por semana. Dos veces por semana hace ejercicios de flexión sobre una barra que se encuentra entre la cocina y el garaje, además de los ejercicios de fondo en el esquinero de la mesada de su cocina. (Puede hacer 40 ejercicios de flexión en una serie). Tres veces por semana él ejercita en el gimnasio de su casa, hace lagartijas y elevación de piernas; y cinco veces por semana camina con una rutina de 20 minutos. Cuenta con una salud excelente y no planea jubilarse.

A partir de las variadas experiencias de Sommer en los campos militar, educativo, industrial y como emprendedor, él ha producido muchos nuevos productos que promocionan virtudes y aptitudes prácticas de la vida real, para permitir a los estudiantes vivir vidas exitosas. Usted puede interiorizarse acerca de estos productos en: www.advancepublishing.com.

Desafío En Búsqueda del Éxito

Aprende virtudes y aptitudes de la vida real para vivir una vida exitosa y crear un mundo mejor.

Quest for Success
Writing Prompt Generator

1. Write a report on how *Lost and Found* supports the author's passion for equipping students with virtues and real-life skills to help them live a successful life and create a better world.

2. What advice would you give someone if they said, "I'm always miserable. What can I do to find happiness?"

3. Describe what would happen in our society if everyone would follow this principle, "Happiness comes by helping others."

En Búsqueda del Éxito
Temas para Desarrollar

1. Escriba un informe mostrando cómo *Perdida y Encontrada* apoya a la pasión del autor por equipar a los estudiantes con virtudes y aptitudes de la vida real, para ayudarlos a vivir una vida exitosa y crear un mundo mejor.

2. Qué consejo le daría usted a alguien si le dijera: "Siempre me siento desdichado. ¿Qué puedo hacer para encontrar la felicidad?

3. Describa qué sucedería en nuestra sociedad si todos siguiéramos este principio: "La felicidad viene ayudando a los otros".

Quest for Success
Discussion Questions

1. What was the basic reason Ted couldn't find happiness?

2. What was Grandpa's advice to Ted?

3. What happened to Ted as he began making others happy?

4. What happened to Bill after Ted gave him his extra notebook?

5. Do you think Grandpa's advice is still important today? Explain your answer.

En Búsqueda del Éxito
Preguntas para Disertar

1. ¿Cuál fue la principal razón por la cual Ted no podía encontrar la felicidad?

2. ¿Cuál fue el consejo que Abuelo le dio a Ted?

3. ¿Qué le ocurrió a Ted cuando comenzó a hacer felices a los demás?

4. ¿Qué le ocurrió a Bill después de que Ted le diera su cuaderno extra?

5. ¿Cree que el consejo de Abuelo es importante aún hoy en día? Explique su respuesta.

Free Online Videos

Straight talk is hard-hitting, fast-paced, provocative, and compassionate. Carl Sommer does not shy away from challenging issues as he offers from his vast experiences practical solutions to help students on their quest for success.

Sommer shares his insights on the dangers of drugs, alcohol, sex, and dating, and offers sound advice about friends, peer pressure, self-esteem, entering the job market, careers, entrepreneurship, the secrets of getting ahead, and much more.

To View Free Online Videos Go To:
www.AdvancePublishing.com

Under "Free Resources" click on "Straight Talk"